中国少数民族文学发展工程

翻译出版扶持专项（民译汉）

黎明天女的召唤

【著】拉加才让（藏族）

【译】久美多杰（藏族）

作家出版社

编委会名单

目 录

黎明天女的召唤

1

昏睡在深夜漆黑的罗网中的雪山啊
现在正是向世界宣示你美妙春光的时机
我用红黄色的烈火焚烧起黑暗的魔女
从东方踏着美妙的韵律朝你舞来

坚硬的冰层下面沉默已久的江河啊
请引吭高唱气势汹涌热情奔放的歌谣
让自由的步履像那哈达一样飘逸
你藏在心底的夙愿已经变为现实

躺在烟雾里打呼噜的村落啊
请以认知的哈欠放逐胸中的浑浊
平坦的土地已经摆脱寒冬的束缚
赶上成对的牦牛开始春的耕耘吧

借启明星作探寻前进道路的眼睛
我一路光着双脚打落草尖的露珠走来

以雄鸡的鸣唱替代唤醒睡眠者的号子
我一路用手指轻敲紧闭的门窗走来

2

围坐火塘谈论夏日湿热的兄弟啊
请掀起帐篷的门帘迎接熹微的晨光
苍狼充满腥味的嗥叫在夜色中溃散
窃贼盗走的马群又返回了家园

骑在雨水淋湿的马背上的汉子啊
请把生锈的长刀磨快挎在腰间
拿千百根彩箭祭祀高岗的拉则[①]
发出震耳的呐喊把梦中的山川惊醒

向往满山野花的少年啊
请到溪边洗梳蓬乱的头发
露出隐藏已久的稚气笑脸
照亮你青春的骄阳从东方启程

与千百只飞翔的水鸥为伴
我一路踏着大海的波浪走来
把躲进密林的蝙蝠逐出视野

---

① 拉则：用来祭祀山神的"城堡"，一般在山顶修筑，上面插满长箭、长矛等，以
　 祈求神灵护佑众生平安、五谷丰登、六畜兴旺、诸事如愿。

我一路指挥万鸟大合唱走来

3

站立残垣断壁前忏悔的人们啊

请为子孙后代建设美丽校园

让知识的妙音响彻愚昧的旷野

阳光引领创新者将要到来

飘荡四方分散各地的部落啊

请伸出团结之手共建安定的桥梁

做一名在思索中为智慧领路的使者

把引进科学的大道修到雪山深处

依靠酒精消除苦闷的诗人啊

请推开窗户让清风带走伤感

理查德·克莱德曼钢琴曲从天边飘来

请用诗歌赞颂人间的真善美吧

招引吞噬那笼罩金殿的黑暗的光明

我一路摇响装点飞檐的铜铃走来

拨开蒙住蓝天面孔的乌云

我一路放飞被困樊笼的和平之鸟走来

（1991.6.11）

故　事

无论何时，白胡子爷爷

常常以"很久很久以前"

作为故事的开头

这个以喜怒哀乐构成的故事

就像母亲手中磨糌粑的小磨石

不停地转啊转，永远转不到边

那时，来自天边的风

在山谷中歇息

夜一般黯黑的帐篷里没有动静

母亲不停地往灶火添牛粪

铁锅冒出浪漫的蒸汽

孙儿们惊奇的目光

紧紧盯住捋着胡子的爷爷

"……以前，除了逃往大海的玛那山①

所有会走动的山岗

都被帝释大神

---

①　玛那山：印度史诗《罗摩衍那》中的一座山。

用金刚杵打断了腿

从此，人类没有了祸患

我们在山谷中繁衍生息

然而，后来又出现了不少妖魔……"

四周的山峦

黑魆魆

牧犬的吠叫声打破夜的静谧

"爷爷，那么是谁

打断了那些妖魔的腿呢？"

聪明的孙儿们问道

"是神勇的格萨尔王"

"如果还有妖魔来害我们怎么办？"

"如果还有妖魔

就只能靠我们自己去拼搏"

灶火里熊熊燃烧的火焰

照亮了挂在柱子上的火枪和长刀

孙儿们惊奇的目光里

不由得流露出一丝恐惧

母亲不停地往灶火添牛粪

铁锅冒出浪漫的蒸汽

白胡子爷爷间或喝一口茶

"……以前，吞噬日月的罗睺

被毗湿奴大神用宝轮斩首
从此，黑暗无法笼罩日月
阳光下的生命远离恐惧
但是，黑暗经常吞噬我们
依仗黑暗的豺狼也会
侵袭我们”
形似马鞍后鞒的月牙周围
群星将关注的目光投向大地

“爷爷，那么是谁
割断了黑夜的喉咙呢？”
孙儿们四处张望着问道
“黑夜的喉咙将由黎明天女割断
但是，对付豺狼
还要靠我们自己”

四周的山峦
黑魆魆
间或，从远处传来吆喝声及其回音
好像是谁在寻找丢失的羊群
又好像是在叫唤
那些沉睡的人们
但是，只有门外那只牧犬
迅速作出反应

（1990.12.28）

复苏的灵魂

像携带花香的春风
孕育绿色之魂的
你，从哪里来？
积满劳顿和孤寂的我的心湖中
你激起觉醒和欢乐的波澜
美丽动人的女神啊！
我看见河边的柳条在摇曳
我看到大雁从南方飞来

像饮用草地露水的夏阳
发出金色笑声的
你，从哪里来？
让我话语凝固的内心坚冰
被你化为信念和自由的流水
美丽动人的女神啊！
我听见跳跃在大海里的珍珠的讯息
我听到盘旋于白云中的牧人的情歌

当你像迟来的春色

终于降临到我这不知道究竟等谁的

孤独的心灵时

欢乐盈满泪水

爱恋感受疼痛

熟悉的眼神望着脸庞

戴着银戒的柔软纤指

把我的长发梳向后面

唇间吐露过分思念的情话时

美丽动人的女神啊!

我初次发现了群星的喜悦笑容

我重新得到了失去的奇妙诗句

在故乡清澈的河中

赤脚玩起童年的游戏时

向我泼水嬉笑的

伙伴,是你吗?

我们把一束束马莲花遗忘在了哪里?

云朵低飞的绿色草地山谷中

悠闲地跟在羊群后面时

和我一同怀抱小羊羔的

和我一起摘过赛钦花的

姑娘,是你吗?

咱们把细长的抛石鞭

丢在了哪里？

我离开故乡的山水

沿着草地上的小路

向远方出发时

在烟雾弥漫的山坡上

唱起涧水般不息的歌谣的

恋人，是你吗？

咱们约定什么时候重逢？

戴着银戒的纤指

梳理着我乌黑的长发

美丽动人的女神啊！

你对我说过月亮的微笑

谈过鲜花的泪滴

提过傍晚的红霞

哦——疯狂的北风吞噬着树叶

呼啸着——从远方赶来

迷恋此地的鸟群鸣叫着

一边回头——向南飞去

你把红头巾系在脖子上

说：明天就要走……

那我，那我……

（1992.10.27）

想要对你诉说的那句闪光的话语

想要对你诉说的那句闪光的话语

如那闪光的珍珠项链

压在我心灵的箱底很久很久

路的转弯处

你我四目相遇

心的湖面上

咱俩星光交错

嘴角显露未曾有过的留恋的笑

轻盈的你转身继续走你的路

看到回首的目光

我夹着几分羞怯的爱情随你而去

想要对你诉说的那句闪光的话语

始终跳跃在我心湖的浪尖

啊！摄人魂魄的仙女

脱俗超凡的空行母

你这般俊俏要去何方？

想要对你诉说的那句闪光的话语

以朝霞的舞姿在飘逸

仿佛夕阳的红光在照射

想要对你诉说的那句闪光的话语

化作绿叶上晶莹的露珠

成为雨后升腾的雾气

想要对你诉说的那句闪光的话语

在洒下月光的水边寻梦

像萤火虫在草丛中发光

想要对你诉说的那句闪光的话语

那颗明亮的水底星子

当我放到你的掌心

你的灵魂是否会发出光芒？

想要对你诉说的那句闪光的话语

这张充满诱惑的笑脸

这朵散发芳香的玫瑰

当我送进你的心房

你的灵魂是否会陶醉？

想要对你诉说的那句闪光的话语

恰似永不熄灭的火焰

情愿奉献给你

那雪花纷飞的冬季的日子

带来光明和温馨

（1993.9.30）

感

风朝我吹来
就像恋人思念的自语
仿若大山苏醒的哈欠
风朝我吹来

就像冰雪消融的声音
仿若蝙蝠飞翔的翅膀
风朝我吹来

风朝我吹来
就像老者衰弱的思虑
仿若诗人疲惫的叹息
风朝我吹来

风朝我吹来
就像今早新生婴儿的奶香
仿若刚剥的牛皮的腥味
风朝我吹来

风朝我吹来

就像荡妇走路飘动的裙摆

仿若疯婆转身扬起的长袍

风朝我吹来

风朝我吹来

就像蹑手蹑脚的胆小窃贼

仿若东躲西藏的落魄懦夫

风朝我吹来

风朝我吹来

就像贪婪鬼迅猛的奔跑

仿若嫉妒者扭曲的行走

风朝我吹来

风朝我吹来

就像海面上欢呼雀跃的浪涛

仿若雨停后相拥交谈的树枝

风朝我吹来

风朝我吹来

就像旷野上小跑的苍狼的嗥叫

仿若抖动着鬣毛的雄狮的长啸

风朝我吹来

风朝我吹来

就像自草地边缘闯入的马群的尾巴

仿若从历史深处走来的军队的旗帜

风朝我吹来

风朝我吹来

对腐败的政客进行指控

替国民的安危提出诉求

风朝我吹来

风朝我吹来

就像南方云朵的使者

仿若马口火^①的嘶鸣

风朝我吹来

（1995.3.17）

---

① 马口火：佛经中说南方大海有一烈马口中喷出火焰。

石 头

我是大地孕育的
被河流发现的长寿子

我没有笑容
是因为笑尽世事
我没有腿脚
是因为走完路程
我没有体温
是因为热血流干
然而，我就是永恒不变的长寿子
历史漫长的过去
显现在我的脸上
人类远逝的胆魄
凝聚在我的心里
往事尘封的记忆
隐藏在我的身上
世间万物的盛衰
刻写在我的额头

我就是永恒不变的长寿子

我继承了猕猴菩萨的寂静

我摒弃了岩女罗刹的贪欲

聂赤赞普的威严造就了我的坚硬

雍布拉康的雄壮展示了我的个性

我是大地孕育的

被河流发现的长寿子

我没有笑容

是因为笑尽世事

我没有腿脚

是因为走完路程

我没有体温

是因为热血流干

然而，我就是永恒不变的长寿子

我是远古历史的见证者

我是未来建设的夯基石

（1987.5.20）

火

我是光明，也是温暖
——驱散帐幕的黑暗
　　也给它送去温暖

在光明里
那白发苍苍的老人
讲述传奇故事时
我不会熄灭

在光明里
孩童进入甜美梦乡
脸上露出微笑时
我不会喧闹

我是光明，也是温暖
——驱散帐幕的黑暗
　　也给它送去温暖

来自远方

又要去远方的人们

奔我而来时

我会照亮他（她）的前程

还有……

我会给他（她）无畏的勇气

还有……

我会赐他（她）无穷的欢乐

（1987.5.23）

水

我是流淌的生命

像游龙一般

淙淙有声

浪花飞溅

扑向春姑娘的怀抱时

啊！我是——

自由的象征

爱情的化身

幸福的笑声

前进路上

遇到料峭的寒风

我曾求助云缝的阳光

也对群星中的明月诉过苦

隆冬时节

遭到冰雪的囚禁

我流着泪哀号

我哀号着流泪

在埋怨中期待

姗姗来迟的春天

（1987.5.22）

风

我是无形的流浪者

我有着无限的自由

我怀抱雪莲的芳香

渡过河流

扑向汲水姑娘的脸庞

翻越峻岭

钻进牛毛帐篷的下摆

我对北方的寒流擂起战鼓

征伐山丘和平原

将沙尘拖在后面

攻击谷地和森林

传来哭号的回声

当我吹落秋叶

把它卷到路上时

前行的步履感到伤悲

把它扫入河流时

季节的美梦被水冲走

我是无形的流浪者

我有着无限的自由

我鼓起田边少女的裙袍

把她的思念之歌

捎到远方恋人身旁

我闯进了校园

让正在奔跑的小女孩

可爱的辫子上下飞舞

把成长的歌声

传给广阔的天空

（1987.5.30）

海

震天动地的浪涛的吼叫
顷刻间摧毁了院落，因此
你的世界的边沿与天际相连

走路从来不会曲折
眺望根本没有障碍

宽阔海平线的彼岸
蓝色的雷鸣轰隆隆滚动
献给黎明的红黄色朝霞
与海浪一起笑吟吟走来

一万只水鸥惊醒的翅膀
扫净了黑夜残留的余暗

昨晚令人皱眉的梦
被早间的清风化作喜悦

哦，宽阔海岸线的彼岸

身披朝霞的波浪

摆渡着笑吟吟的白光走来

（1991.12.31）

海 边

古老港口的黄昏

我时常独自伫立

在与天相连的海面

千万只水鸥飞窜的翅膀

疑似夕阳灿烂的余晖

看着它们尽情翱翔

不停追逐的景象

我的思绪长出风的双翼

朝着无边的虚空漫游

呵，那一层层波浪

涌自远方，奔向岩石

把心中的喜悦洒满天空

我竟然，忘了

族群的衰落和时间的流逝

（2012.6.12）

牛毛帐篷

1

有害气体和烟尘弥漫的天空
楼房、人群、车辆拥挤的城市
离开此地逃往思恋的故乡

2

雪域啊！终于回到你的怀抱
帐篷啊！在灶火旁我的疲倦顿时消散
心绪如白云般轻松自在

3

经幡诉说着寒流的严酷
春风破解了冰雪对山林的桎梏
草地碧绿，甘霖情不自禁地降落

4

大地上花木的芬芳
使我充满眷念的心更加舒畅
不由得侧躺欲将天空盖在身上

5

优美的歌声从云雾的山里传来
清冽的河溪在低处的平原流淌
蝴蝶们扇动五彩的翅膀忘情飞舞

6

清晨把牛羊赶到玉龙雪山脚下
母亲和嫂子忙着收拾畜圈、纺线、打酥油
年少的妹妹铺开毯子晒起来奶酪

7

奶奶每天朝着圣地拉萨磕头诵经
父亲在帐篷外边享受阳光边搓毛绳
孩子们无忧无虑地嬉戏于羊羔花丛

8

猛虎般卧在畜圈旁的獒犬
用吠叫提醒有客从远路骑马而来
女人们立即走出帐篷手搭额头去迎接

9

浓香的奶茶倒进龙碗端上来
口齿清晰笑容满面地交谈着
临别时解开缰绳牵马送一程

10

黄昏时高声呼唤牲畜归栏
清点牛羊、拴好犊子、挤完奶
炊烟才从你的头顶悠然升起

11

煨桑敬神夜色笼罩四野
全家人进餐、聊天、品尝新鲜酸奶
喂好獒犬，然后向着远方长吼一声

12

把正直当作柱杆撑起公私一切牧帐
将爱心和勤奋的引绳系在木橛上
让智勇开启那孕育光芒的天窗

13

你是遵照赞普难以抗拒的圣旨
戎马一生征战四方留守边疆
至今没有被召回的军团啊

14

你的保护下六大氏族不断繁衍生息
得到你的拥戴格萨尔成长为众生的救星
你的碉楼把珠姆王妃衬托得仪态万方

15

能容天空的大帐内可欣赏群星闪耀
上方摆放长枪下面挂有辔绳
中间温暖的酥油灯守护着甜美的梦

16

巍峨的高山之巅石峰似鸡冠

宽阔的谷口崖壁直插云天

无垠的旷野中风雨如晦

17

大湖之畔是小妹出嫁的村落

长河岸边有大德诞生的家族

百花丛中驻扎着恋人期望的馨帐

18

电信输送着世界的盛衰安危等消息

电视播放历史、戏剧和文艺节目

电话接通了远近所有亲人的心声

19

僧众以狮子诵唱法音

密咒士用仪轨禳灾驱邪

老人们在你的阴凉下拨动念珠

20

青龙驾驭南云隆隆向北而去
雨后彩虹的宫殿出现在牧帐顶端
此时一声啼哭，新生婴儿的脐带刚刚剪断

（2008.4.11）

日 月

黎明女神在朦胧中流汗挣扎

终于把鲜血淋淋的太阳挤出来

敢于吞噬无明妖魔的英雄

像一颗跳动的心

当我用热情将它托举时

万物的温馨随之诞生

维持人间幸福的太阳

虽然掉落天涯

海螺般皎洁的月亮

带领群星前来征战黑暗

轻抚那呵护梦境的眼睛

夜的世界就显露了真容

（1990.7.10）

艰苦的岁月

那时，父亲一次一次

猛抽着牛角长烟斗

吐出来的烟雾中

没有找到好办法

那时，没有人愿意

把腰刀磨锋利

谁都缺乏将牦牛放倒在地的力气

那时，母亲冬季的日子

像她纺的毛线一样

很长很长

那时，还没有下雪之前

她已经给四季打好了补丁

在岁月的风浪中度过的日子啊

被母亲的针线缝了又缝

那时，用挥洒的很多汗水

换来少得可怜的粮食

由于受到饥饿的恐吓

母亲经常埋怨：

这么厚的雪，为什么不是糌粑呢
那时，我们虽然很小
但从来没有受冻挨饿

（1991.3.14）

月光与海浪

1

月光步履摇晃

行走在海面上

奇异的浪花

窃笑嫦娥的皓齿

2

为了让岸边的山林

舒适地进入梦乡

大海把所有的涛声

都调为美妙的轻音

3

披肩的乌黑长发

在和风中飘扬成旗帜

迷恋韶华的红唇

把心绪浅唱低吟

4

柔美纤指抚琴
发出清远的音韵
思念的碧波
向海水寻求慰藉

5

如同洁白圆满的月亮
一半让云的翅膀遮蔽
你那含笑的明眸
被万缕纷乱青丝掩盖

6

柔软的沙滩
渴望留下新的脚印
潮水搂着岩石的脖颈
在伤心地哭泣

7

暖风多情
奔向谁的中央
大海掀起的巨浪
像乳房一样沉迷于大乐

8

浪花享受欢爱的气息
使周围生灵充满情欲
海岸裸露的肌体
一次次披上蓝色水衣

我是一面镜子

1

能照见众生之相
我是一面清晰的镜子
保持美貌的人
谁都离不开我

2

我的表面很平
但内里深不可测
我爱所有的人
因而如实反映美丑

3

公正地显现一切
是我的本能
客观地揭露缺点

乃我的个性

4

有人非常喜欢我

因为他（她）非常美

也有人特别憎恨我

因为他（她）特别丑

5

爱摆架子的官员

为了压制他人

脸上堆着怒纹

他无法听见我的唾骂

6

赴约的靓男俊女

只想迷住对方

露出各种表情

也没有发现我在嘲笑

7

经历过苦乐的老者
回忆着遥远往事
梳理满头白发
可他不知道我的同情

（1989.12.20）

夏日·锄草女子

坐在门前石阶上的人们

手搭凉棚遥望

从村边赤脚走向

另一个山弯的你

夏日的美跳跃在你的衣袍上

投在地面的纤细的阴影

如一片干燥的云在飘

嫩白手腕上的银镯

对太阳炫耀白色光芒

向农田发出悦耳音符

一脸的笑容朝着女友们

悄悄诉说昨夜的梦境

齐声发出清亮的笑声时

大海般翻滚的麦地里

风儿一阵接一阵逃遁

播进农田的希冀似绿色的海洋

在汗水伴奏下，波浪的舞蹈中

你捡拾蓝花，不知疲倦地游向中央

骚动着青春的丰满双乳

被凉爽的微风不停抚摸

当你放开嗓子，让歌声

与头顶的鹰一同盘旋在高空时

我就像流淌在你心中的江河

（1990.6.11）

那是你吗

南来的布谷鸟鸣响新音

在河面泛起的阳光

是你纯真的微笑吗?

雪花飘落到空寂旷野

从山路消失的铃声

是你远去的脚步吗?

冰雪消融溪水奔流

轻抚我乌发的风

是你充满爱的手指吗?

胫骨笛声回旋在峭壁

古村上空的烟云

是你无尽的忧伤吗?

百鸟离巢飞往远方

密林中掉下的树叶

是你发出的叹息吗?

丰收的气息四处散发

夕阳中金色的光线

是你不舍的回眸吗?

彻底摆脱长夜的折磨

冈拉梅朵晶莹的露珠

是你噩梦中的清泪吗?

大海舞动激情的波涛

对逃遁的黑暗发笑的启明星

是你迎接黎明的眼睛吗?

（1991.12.6）

格桑拉姆

轻纱般的薄雾

在雄伟山峰之巅起飞

如同蓝色宝石的天空中

一朵朵白云航行

啊！格桑拉姆

这升腾的白云

难道是你的羊群吗？

我美好的心愿

混入你的羊群

开满鲜花的野地上

柔软芳草编织绿原

微风悠悠吹过

赛钦梅朵欢乐摇摆

啊！格桑拉姆

这草原的赛钦

难道是你的容颜吗？

我绵长的思念

徘徊在暗香中

源自雪山的涧水

是映照俏影的明镜

峻岭深处一路欢歌

把璀璨珍珠撒向两岸

啊！格桑拉姆

这潺潺流动之声

难道是你的笑语吗？

我痴情的心儿

早已追随而去

（1992.6.12）

姑娘的心声

抚摸这乌黑飘逸的秀发吧

没有珍贵顶饰我也乐意

亲吻这纤细修长的手指吧

没有珠宝驱环我也知足

搂住这白皙娇嫩的脖颈吧

没有珊瑚项链我也无怨

紧握这柔软灵活的臂腕吧

没有象牙镯子我也不悔

凝视这纯真明亮的眼睛吧

思念的泪花将不再滴落

请永远守住深情之光吧

心中冰雪才能化为春水

请坚持吟诵你的诗篇吧

歌声和音乐终会化作身后的风

假如能够得到你的真爱
我的忧伤就会自然消失

（1995.9.12）

小溪对大山说

无法站在你的对面
亲吻脸庞
但是经常抚摸双腿
深情拥抱

流程虽然很短
蜿蜒曲折的走势
由你注定
更是我的留恋

成为你的镜子
是我的无限幸福
从我的心中看到的
是你美丽的容颜

围绕你的周身
临别前的招手
在飞溅的泪花中
放下又举起

（1990.1.22）

清晨的河边

朝阳映红云霞

在缓慢流淌的河面发出金光

踏着晨露走来的姑娘

在河边洗濯长发

盖住上身的黑色瀑布

从木梳倾泻而下

移动的水镜反复显示笑脸

那边桥头的牧笛吐露深情

昨夜的绮梦在胸中怦怦

心里的喜悦如移向草原的羊群

羞涩的娇容

恰似清晨流淌在河面彩霞

（1991.5.27）

铃铛声

时间老人把骡子牵向远方

清脆的铃铛声打破了深谷的幽静

山泉的浪花啊！像珍珠在飞溅

步行的叶子啊！如风马纸翱翔

时间老人把骡子牵向远方

悦耳的铃铛声摇晃着雨后的清新

太阳的笑脸啊！在湖面上反射金光

恋人的歌声啊！让大河泛起了银波

时间老人把骡子牵向远方

动听的铃铛声啊！捡拾晚秋的魂魄

我这双眼睛啊！追随鸟儿的身影

冬天的花朵啊！从天边飘然而至

（1992.4.8）

流浪者之歌（一）

1

在到处飘落的树叶中出发
抖动蓬松的发辫游荡四方

用手抚摸乞讨孤儿的头哭泣
当着傲慢贵族的面转身狂笑

朝那枝头吹响口哨走过街区
把垃圾抛向天空逃离村庄

见了拉则大声诉苦
举起风马纸默念祷词

敲叩窗棂索要温暖
抓起灰烬打到冤家脸上

独行途中尘土在后
无人陪玩脚踢废纸

抖动发辫的流浪者啊
请帮助那些远行的人

2

峭壁上冲着懦夫怪叫
深山中为猎人们生火

桑烟熏得流了泪水
吃多白雪咯出浓痰

在街头你患了感冒
到巷尾你把感冒染给别人

经常袭击花朵
使蒲公英魂飞魄散

由于抢劫森林
最后获得几根羽毛

说散花的赤脚仙子
重返人间的流言

你是何时传播的呢

抖动发辫走过的流浪者啊

请把我路途的艰辛唱成歌

流浪者之歌（二）

1

你是被蝙蝠的翅膀提起的吗
你是由大海的波涛派遣的吗

奔向远方的流水声
是你带到耳旁的

沙沙的落叶声
被你送入耳中

云雾里嘹亮的歌声
是你引往耳旁又带向远方

水边的柳条
你让它像恋人的秀发飘逸

蔚蓝的天空中
你让白云如羊群般移动

2

你是被蝙蝠的翅膀提起的吗
你是由大海的波涛派遣的吗

秋草的脖子上
传来冬的预报

你是抢劫山河的
无情的盗匪吗

你是愤怒撕碎天空的
无形的双手吗

雪化纷纷，你来自北方
宛如狐狸的毛梢

你的猛烈吹动使经幡破损
你的高亢吼声让拉则耳聋

在风雪中吹起口哨
疯狂地跳着锅庄舞

吼叫夹杂痛哭声醒山河

歌声混合呐喊迎请火焰

我的不朽犹如灵魂
你可以恒久活得潇洒
星球的不灭就像灵魂
你可以永远自由运行

（1993.10.20）

老 人

大树老了

直插云天的枝杈

在阳光和风雨中干枯

地下的根系

在地下爱逐渐衰竭

失去了滋养绿叶的功能

筑在树枝顶端的喜鹊的窝巢

空荡荡

寒风吹来时

只会听到呜咽

老人年迈

四肢在人世间

动乱和批斗中萎缩

感官在躯体内

变得麻木

懒得回忆人生往事

握在手里的红柳拐棍

磨得不成样子

太阳落山时

发出一声叹息

（2007.8.8）

擀毛毯的女人

把一片一片白云

撕理，剪切

平铺在草地上

又生怕被风儿偷走

便往它的翅翼上反复洒水

擀成四方形后卷起来

以数字为歌词的合唱

配有手镯、项链、耳坠

和奶钩组成的交响乐

那歌声，是一部劳动的记录

写在草地山谷的回音和天空中

红润的脸颊像彩霞

浸满汗水的毛毯铺展开来

就成了难以起飞的雨衣

或者，迎接贵客的白云

（1988.8.20）

鸟　群

从枝头飞往远方
把寂寞留给树木
风带走叶子后
向天空招手

给云彩传送惊慌
一群鸟飞往天边
让歌声在前面开道
一群鸟从远方飞来

野狼的足印
在山谷的呵欠中消失
沉默许久的江河
敲碎冰盖上路了

这里发生的一切
树木全都知道
自己身上的疤痕
像笑容一样裸露给世界

打破所有的宁静

一群鸟从远方飞来

打着寒颤的翅膀

对春日奉献赞歌

（1990.12.10）

野 花

野花开遍大地时

百灵鸟的歌喉异常兴奋

轻柔的风，舒展了额头的皱纹

野花开遍大地时

绿色草原显示生命的价值

清澈的河流高唱幸福

野花开遍大地时

白云激发美丽的思绪

晨霭让视线延伸至天边

野花开遍大地时

你迷人的眼睛透露深情

我们纯洁的爱充满欢笑

野花开遍大地时

山坡上我们的羊群与云朵会合

我眺望远方寻找诗歌

（1991.6.18）

弹琴的少女

从悬崖上倾泻的瀑布
弹奏着婉转的琴弦

给灵魂赋予光明的音符
隐入天空
化作白云

布满烟云的思索的彼岸
往事的玉波
渐渐显现
缓缓翻卷

被遗忘的古海中
琴弦发出的旋律
涌起阳光灿烂的浪花
水鸥双翼的舞姿
沉浸在琴声里
寻找浪漫的边缘

柳条轻拂水面

河流在山谷间闪烁

你那乌黑的长发

在琴声中悠扬

蓝色的美

在为湮没山川的感触

而蹑足潜行

多情的星宿

在旋律的浪尖眨眼

幸福开掘的泪水

悲伤引发的笑容

被柔弱灵活的纤指诉说

从悬崖上倾泻的瀑布

弹奏着婉转的琴弦

（1992.5.25）

古树的伤口

这棵参天古树

经历过岁月的风浪

养育过鸟类的左臂

在什么时候被某个人

用锋利的斧头砍伐

留下圆形的伤口

如同一只睁大的眼睛

对罪恶的怒视

古树般的一位老人

背靠树干晒着太阳

过去的神奇故事

只有古树和老人知道

但是，前来采访者寥若晨星

人们漠视这棵古树

去远方探寻梦想

人们忽略那老人

到别处索求利益

当他们像古树一样衰老时

来到树下希望看见一位古人

把阳光和朝霞舀进桶里

汲水姑娘颤悠悠的身段

从古树旁经过

身披毛毯雨衣的牧童

赶着咩咩叫唤的羊群

从古树下走过

奔流不息的岁月之河

和那更替的春夏秋冬啊

趋于破败的这座村庄

在和平的怀抱中兴盛

旷野上传来白螺声

桑烟在向神灵祈祷

古树让秋叶化作风马纸

喜鹊在枝头筑巢

叽叽喳喳的麻雀上下乱飞

招引和平的左臂

被砍后留下的圆形伤口

如同一只睁大的眼睛

对罪恶的怒视

古树般的一位老人

像古树一样孤独

在明媚的阳光下

所有古老的神奇故事

我首先是在这里找到的

历史伤口的疼痛

我最初是在这里感受的

（1993.10.21）

天 空

你用离别时的微笑
带走那蔚蓝的天空

几片绿色的树叶
凋落在我眼前
顿时，黑云密布大雨倾盆

写满诗句的那些白纸
在风雨中到处飘荡

蜿蜒小路泥泞难行
心情被洪水淹没

你远去的细长背影
消失在山腰的浓雾里

玻璃窗上泪水如雨
热气弥漫视线模糊

（2007.7.6）

出发时

出发时

大地雨雾弥漫

过去那段苦乐岁月

瞬间涌出心房

所有深情的话语

在喉咙里互相拥挤踩踏

最后化作水滴

从眼眶悄悄滑落

生怕被送行的亲人们发现

出发时

高空抑郁寡欢

沉稳的山峦在云烟中入眠

这条通往村庄的古道

在我脚下伸向天边

出发时

离愁别绪跟在身后

把父母的叮嘱一再重复

想说的话被喉舌堵住

不敢看一眼母亲

只好回头招手匆匆作别

出发时

我任何时候都不忍离开

那边的群山在无言地目送

路旁绿色的柳树

摇动枝条劝我留下

眼前清凉的溪水

用汩汩的声音诱惑我

出发时

引领岁月的脚步

仍然迷恋着此地

将于明晨闪烁的露珠

盼望能消除我路途的劳累

哦！我一定要前行

和岁月的流转一同前行

朝着灿烂辉煌的理想家园前行

我一定要前行

出发时

雨雾弥漫大地

轻风梳理柔软的乌发

深情地回头一望

在白云下面

翠绿的山谷中

故乡的炊烟与天相连

（1989.8.20）

雾

像猫一样从山肩蹑手蹑脚移动
是想捕捉密林中敏捷的香獐吗？

看到你占据了山腰而艳阳当空
我以为梦中丰厚的物品醒来就没有了

有时覆盖整个岩山让猎人迷路
间或偷袭夏季牧场吞噬羊群

清晨你蹲在草坡上异常安静
难道是被城市的繁忙景象吸引？

（1989.7.28）

冬之梦

山麓披上绿装

草原铺满鲜花

溪水伸着懒腰

大地渗出汗水

天空仍然清明

阳光依然温煦

云朵悠然洁白

雨露亦然柔润

啊！曾经落到身上的雪

总有一天将被阳光带走

曾经禁锢心灵的冰

终归是要被春天击溃

那时，我会萌发绿芽

我的容颜露出微笑

我佩戴的花的饰物

会受到南方布谷鸟的赞颂

会有彩色蝴蝶前来伴舞

会获得金波河流的滋养

啊！那时——

自由，幸福，妙善

打着寒颤的冬天

喉咙哽噎

只能重复一句呓语

在夜幕的背后

冬之梦正要迎接黎明

（1989.2.26）

冬之花

有一种光临

没有任何动静

没有呼唤的声音

其实不需要呼唤

用双眼聆听

冬之花自天而降

路上的脚印

被雪藏匿

从山下逃逸的野兔

在雪中丢失了痕迹

坡地上是羊群融入了雪

还是雪混进了羊群中？

哦，曾经发生的和正在发生的一切

用恋人睫毛上的冬之花也能表达

冬之花所表达的意思

无法用手去触摸

我伫立在空旷中

把过去在河面涌起的波澜的美丽形状

刻写在记忆的石碑上时

从表露给冬的笑容中产生的痛楚

是我献给雪域的全部热情

由于成长于六岗的舞姿中

从不觉冷暖时就与冰箱为伴

因为注视六瓣的雪花

或者照射雪山的阳光

我的心变得像雪花一样纯洁

赶牦牛时两耳遭受寒风的折磨

苦难和伤痛铸就了勇气与胆魄

从黑帐篷缝隙滴落的水珠

聆听春的消息而信心倍增

未来的梦想都从冬季开始

晚秋撒落大地上的种子由雪孕育

冰层下的激流唱着自由之歌

当把家中火炉烧成红霞时

我把自己视作一粒火星

当春天的微笑挣脱冬的捆绑

在潺潺流水之滨

我以优美的旋律吟诵

风雪中丢失羊群的传奇

有一种光临

没有任何动静

没有呼唤的声音

其实不需要呼唤

用双眼聆听

冬之花自天而降

这个银光闪烁的世界

没有污点

火一样鲜红的狐狸

在远方跳跃

（1990.9.14）

冬之思

金黄的落叶
在雪地飘零
鸣叫的鸟儿
向南国飞去

小溪的蓝色歌声
变成晶莹剔透的冰
奔跑在冻僵的路面
马蹄下闪出火花

洁白的佛塔
铃声传遍山谷
粗粝的风中
经幡噼啪作响

霜落睫毛
一双眼睛
在路的拐角
有人目送我

寒气中的手脚

需要烤火

雪映照的情

比火更红

皱纹很深

笑容隐去

刚梳理的头发

比风还乱

玻璃窗内

目光等待

耳朵的期盼

是走廊里的脚步声

流云般的心结

蜷缩在冬的角落

空寂深处

思维度过日夜

壶中的水

沸声实在嘈杂

碗中的茶

刚添上又凉了

颤抖的小鸟

落在树上

它想起

度过温暖夏日的传奇

（1992.6.12）

山的那边

一座头戴雪冠的山脉

横在眼前挡住视线

山的那边，施与甘霖的湿云

飘到这里便撒下雪花

古老的歌谣疲惫不堪

懒得为人们消除寂寞

没有春天的地方

夏季姗姗来迟

只有那摆脱了坚冰束缚的河水

诠释着时光的流逝

峭壁上，无所事事的风在大声歌唱

衰老的人们打着哈欠

面朝太阳默诵六字真言

念珠在生命的运动中磨损

生命于念珠的流转下减弱

雨淋日晒的幡旗上

文字几乎消失

悦耳的风铃声比天空晴朗

山的那边传来变革的雷鸣

被风撩起衣袍下摆的成人们

爬上沉稳的山脉寻找垭口

他们常常期盼的目光投向远方

始终梦想着走出峻岭

早晨的烟霞来自山的那边

山的那边在呼唤着你

你对山的那边始终诉说希冀

你终于移出步子走向新时代

从没有足迹的山谷

开始了翻越高山之旅

……

弯曲的小路逐渐显现

它通往山的那边

（1991.9.15）

最初的感受

我像一面纯白的经幡
静立在巍峨的山岗上
周围被万里河山环绕

发自天边的风的预报
我在安谧中初次感受
高空中的鹰似乎感受到了什么
密林里的鹿好像感受到了什么
我注定要经历风霜雨雪

一切显得那么悠闲自在
每个房顶的炊烟寂然升空
峭壁的青草在暖阳下昏睡
窗户尚未震颤，尘土也没有浮起

蝴蝶迷恋的翅膀
在野花丛中动作迟缓
流向远方的河水回眸
传递着前所未有的秘密

我警惕帐篷的拉绳

我惧怕初长的树苗

我悲悯赶路的人们

天空虽然晴如璁玉

阳光虽然绵似羊毛

可是，风在宣扬未来

我的心血像那激流

呐喊声在喉咙深处被噎住

（1992.2.12）

等 待

我到达时，你曾经躲藏

我也搜寻过你的那棵丁香树

依旧露出醉人的笑脸

你虽然没有来，可我的心

在雨后的树枝上摇曳

装点了五月十五的青春

我为读你的容颜而来

渴望看到

你阳光般的笑靥

渴望饮用

你皎月般的笑靥

然后，想给你的双眼

奉献——你喜悦的笑声

以及美丽笑容构成的彩色图画

一张比蒙娜丽莎更迷人的神奇微笑

一个比森姜珠姆更动人的俊俏身影

可是，因为你没有来

清凉的风拥吻着那棵

你曾经躲藏过

我也搜寻过的丁香树

盛开在枝间的我的心

摇曳着——露出笑靥

给我一个难以解开的秘密

你是谁?

你也许不是你自己

我那信任的红色火堆

和我的爱恋一起化为灰烬

你怎么不给一个解释呢?

啊——失约的女友

你丁香一样的笑容

何时才会驱散

我梦里的寂寞云烟?

何时能够掀起

我生活中苦闷的纱丽?

（1990.9.28）

离 愁

留恋的嘴唇道别
思念的泪珠祝福

品尝泪水的花在微笑
抚摸秀发的风在哭泣

爱恋的南风啊！你的到来
使淡薄的云不停地飘着
使清凉的雨无序地下着
在千万个梦的边缘
在银色月光的周围
你柔软的纤指抚琴
我以山峦的沉稳
静坐在你的曲调中吗？
我以江河的汹涌
流动在你的旋律中吗？

你的乌发像黑夜袭来
你的悲伤如秋风吹过

你那留恋的红唇在哪里?

你的眼睛似星辰在闪烁
你的笑声比铃音还清脆
你那修长的双眉在何处?

（1993.6.22）

分 别

火车的汽笛声让心一紧

亮了又灭的灯光

搜寻沉寂的记忆

握在一起的手松开

互相拥抱的眼神变得迷离

繁星为爱流泪

命运为自己探路

临别前已经说完的话

像滴落在叶子上的秋雨

那一夜，天空又布满忧郁

到处流浪的我的心

在梦中迎接你的情

回来的约定如梦幻般飘渺

想跟一切思念和所有驿站

握手道别，但是

在昨日相逢的站台

又要咽着泪水为你送行

火车缓缓离站

视线弯曲

岁月的脚步从来不会延迟

当清醒的风

来剪断临别的绳索时

你招手走向远方

一双双铁轮

压碎了我留恋的叹息

为相聚的欢乐送行的眼睛

追随你渐远的汽笛而去

把思念寄托给孤独的身躯

湖水卷起没有名字的歌声

生活的甜美被雨水洗涤

啊！人生和爱情的一半

永远是相聚，另一半

则常常是分别

我在未来的某个站台

还要捧着鲜花去迎接你吗？

（1990.9.27）

落 花

不能长久栖息在你的枝头

必然是一种宿命

风用无形的皮鞭抽打着

恐吓我，逼我上路

虽然许下诺言

经常在你的生活中微笑

可是，今天我的灿烂笑容

不得不从你的掌心飞离

发出不忍离别的叹息

伤感地独自私语有什么用呢？

悲戚和请求

无法抗拒这个法则

悄悄留给你的

是发自内心的暗香

有一个深藏不露的梦

那就是——下一个季节

我还想绽放

（1990.1.8）

相聚时的美酒

欢聚的酒杯

溢出愉悦的白沫

优美音乐的旋律

在心之湖面

激起歌舞的波澜

欢聚的酒杯

溢出愉悦的白沫

忘掉所有事情吧

轻饮这杯美酒

丰收的青苹果虽然酸涩

没有伤悲阴影的双眼

此时虽然泛起往事的泪光

为了重逢后的欢乐

忘掉所有事情吧

请饮这杯美酒

迟疑和文静有什么用

梳一下遮住眼角的秀发

让藏了很久的所有心事

通过憋了很久的笑声

像清河一般自由流淌

迟疑和文静有什么用

这欢乐的时刻

或许明天就会变为头昏脑涨的记忆

但是，请饮这杯美酒

我们所拥有的

绝非狡黠和虚假的黑云

而是淳朴和正直的明月

陶醉在交谊舞的乐曲中又会怎样？

疯狂于迪斯科的节奏谁能谩骂？

这欢乐的时刻

或许明天就会变为头昏脑涨的记忆

但是，请饮这杯美酒

（1990.4.2）

相 遇

黑夜前来迎接黄昏的时候

树枝召唤百鸟睡眠的时候

我和你相遇

这是现实还是梦境？

我的爱恋这样反复问我

晨曦逐渐染红云霞的时候

潮水扑进海岸怀抱的时候

我和你相遇

这是现实还是梦境？

我的诗句这样反复问我

寒风掠走精美秋色的时候

白鹤飞向南方门隅的时候

我和你相遇

这是现实还是梦境？

我的情感这样反复问我

在深不可测的蓝色心域

闪耀水晶之光的爱的呼唤

一遍又一遍喊我的名字

我的心激荡如海

这是现实还是梦境?

我的幸福这样反复问我

在光明与黑暗交织的地方

在欢乐和悲伤混杂的空间

阅读你皎月似的容颜

这是现实还是梦境?

我的泪水这样反复问我

（1993.1.12）

小溪边的柳树

小溪啊！你像哈达在飘动

一路回眸尽情欢笑

虽说扎根于此地

我细柔的绿色长发

却在你的身后若有所失

小溪啊！请不要留恋我

你要走你自己的路

我的长发

不能成为你的羁绊

踏着急促的脚步从眼前经过时

给我抛下的媚眼

对我露出的笑脸

将会永远留存心间

小溪啊！我金色的长发里

寒风使劲吹口哨时

你停止歌唱来保护我

像一面发着银光的长长的镜子

在那里我隐约看见自己的形象——
面容憔悴，细发蓬乱

小溪啊！沉默不语的你
悄悄哭泣
你的眼泪湿润了我的长发
我心中的伤口
产生剧烈的疼痛

（1990.1.4）

私 语

窃窃私语的树木

在神秘的夜的角落摇晃

许多成熟的果实

像指针在暗中测量你的身体

伸向四周的枝丫

如手指在比划你的高低优劣

起风时，冰雹一样的舌箭朝着你

被箭射伤的感觉

难以忍受，无法说清

在妒忌和痴心中长大的树木

吃饱喝足后开始摆动

因为把根扎在烂泥里

被风飘来的言语充满恶臭

起风而行的私语啊

大鸟的吃力都不及你

尖利带毒的私语啊

对准善人的心脏猛刺

但是，等到风息雨停
太阳微笑着抖动
那淋湿的光明的翅膀时
私语的树木全部枯萎倒地
完全消失在人们坚实的脚印下

（1990.12.5）

自言自语

流尽悲伤和喜乐的泪水后
经常一个人自言自语

看着凋落的花瓣
面朝发黄的草地
远眺起雾的雪山
仰望飘云的南方
经常一个人自言自语

抚摸猫背诉说内心的思念
拉开窗帘表达胸中的意愿
对着月亮吐露等待的痛苦
凝视老刀讲述经历的故事

不能说的秘密说给道路
不能叫的小名悄声叫出来
不能骂的刽子手被破口大骂
不能谈的理想高调谈论
不能做的事拼命去做

流完悲伤和喜乐的泪水后

经常一个人自言自语

哦，用自言自语怀念过去的故事

靠自言自语铭记对未来的期望

以自言自语证实今天的命运

（ 1990.12.7 ）

磨 房

无法知晓是哪位石匠凿于何年
紧闭的嘴唇以隆隆声磨细秋天的收成
歌声和水流一同冲下

未来的生活
抑或对生活的向往
一个年轮的收成
让牦牛或驴子驮到磨房
披一身面粉返回
古老的歌谣赶着驮畜缓慢上路

柳叶落进通往你的水渠
晚秋的风在渠边清凉
天空中雁阵向南

如今，电动钢磨深受青睐
坚硬的磨头将麦粒碾成粉末
从此，引向你的水回流到河床
你的门窗关闭，歌声消失

你的房顶杂草丛生，犹如蓬发
你的孤寂编织了无数蜘蛛网

老人们抱怨道：
钢磨面粉吃起来没有味道
年青一代不屑地说；
我可没有吃过石磨的面粉

（1990.7.26）

晚秋的风

翠绿绝美的眼睛都被风吹散

树上晶莹透亮的水珠

把景色收入囊中

望着梦幻般无常的世事发呆

冷得发抖的种子

纷纷躲到地下

清晰可见的只有那次序分明的回忆

夏日的情怀渗入顽石

哭过之后阴沉沉的云

虽然在寂静的天空中充满疑惑

但是，从潮湿的地平线上

它渴望通过季节的更替

重新获得变白的良机

树枝上，今日的余梦纷纷飞走

根须下，明晨的阳光冉冉升起

（1990.6.22）

晚秋的思绪

1

在枝杈的摇晃中掉到地上
被凄风的口哨声逐往荒野

大雁南飞后的天空下
沉默不语的白云到处游荡
夕阳的深情回眸
使金黄的晚霞更加灿烂

岁月匆匆走过的森林里
得失聚散都没有回去的路
转身望一眼经过的小道
似乎能看到未来的途程

2

在枝杈的摇晃中掉到地上
被凄风的口哨声逐往荒野

哦，曾经高举的梦的旗帜

曾经一定是召唤自由翅膀的手势

曾经一定是引诱美妙歌吟的媚眼

曾经一定是遮蔽拥吻和别时泪水的帘布

让发丝迎风飘扬的树的回忆呀！

保存旧时伤痕的丰满还在身上

从心中萌发的未来绿色梦想啊！

寒流驱散的万千叶片仍在呼唤

（1990.12.6）

希 望

——致刚满五岁的女儿措吉拉姆

摘到天上星星的兴奋

竟然忘却旅途的劳累

收获金色花朵的喜悦

使我的诗句喷涌而出

害怕在黑暗中丢失

警惕的目光

经常守护着你的安危

害怕在寒风中受凉

焦虑的心情

日夜牵挂着你的冷暖

害怕在小路上跌倒

担心的双手

时刻准备扶你起来

飞舞在快乐的绿原上

鲜艳的红蝴蝶①

————————————

① 女儿四岁那年夏天，穿一件红色藏袍在草原上兴奋地追逐蝴蝶，远看也像一只红蝴蝶。

但愿成为我梦中幸福的春天

我将迎来雪域美丽童话的清泉

浇灌你智慧的花朵

我将汲取夜晚的本色

染黑你柔软的秀发

我将采撷空中的星星

点亮你梦中的微笑

（1991.5.18）

月　光

缓慢行走的风

水一样清凉

四周的山和谷地

梦是那么的安静

发丝般飘动的

是不语的树枝

银光闪闪的

是没有波浪的湖泊的笑容

月光在指引道路

月光在探寻雪山之魂

月亮流下的滴滴泪珠——

洒满整个夜空

明朗的观念啊！

如同不息的河水

山谷里流淌的月光没有声音

内心中流淌的月光失去言语

在大理石墙面
月光找到了感觉
在绿色叶片上
月光留下了脚印

（1992.6.19）

河 流

你从山那边走来
又悄悄离开此地
偶尔激起的浪花
独自吟唱希望之歌

你从山那边走来
又悄悄离开此地
在草原的美景中
夏日之梦突出芬芳

你从山那边走来
又悄悄离开此地
把内心的愉悦与苦闷
如实诉说给两岸

你从山那边走来
又悄悄离开此地
身后的群山之舞
使歌声凸显了旋律

你从山那边走来
又悄悄离开此地
哈达般的流淌姿势
让牧人产生奇妙的想象

你从山那边走来
又悄悄离开此地
不断变化的季节的色彩
在你的清澈中显露

你从山那边走来
又悄悄离开此地
深爱你的这方热土
它的情感和故事始终被你滋养

（1992.2.23）

歌 谣

从远古流淌的歌谣
依然在河水中回旋
它那美妙的音韵
使平地的青稞发出新苗

脸色阴沉的云南下面
高亢的歌声向太阳表达心愿
镰刀般消瘦的半月周围
歌谣洒出的汗水熠熠生辉

心中的喜悦在歌中跳跃
岁月的河水在歌中流淌
爱情带给人们的创伤
在冬季的歌中喋血

以往神奇的故事
得失之间的幸福生活
与风中的歌谣一起
离开我们，走向远方

怀念英雄的歌谣

一次次被积雪覆盖

召唤春光的歌谣

汇入冰下的河流

白云般的羊群在歌中涌动

黄金似的收成从歌中燃烧

啊！歌中的季节依旧在流淌

我们以歌谣的方式每天向远方出发

（1991.9.14）

命运·岁月

命运的皮鞭

举到半空抽打我

宽大的额头上

流下一道道伤痕

岁月的波澜

不断起伏

左右两鬓

已经化为沙漠

我不想抱怨

皮鞭的催促

我不会惧怕

波澜的洗濯

可以愈合的

并非心灵的伤口

磐石的本性

实在不好改变

（1990.2.16）

又听雨声

踩着琴弦上的音符

你从夜的边缘走来

窗户外的呼唤，多么悦耳

这歌声虽被山脉长久阻隔

今晚，它又从叶的边缘走来

这首清爽的原本之歌

从夜的边缘走来

已经入眠的我这好奇的诗

又在雨和雾的拥抱中苏醒

那水晶一样发亮的爱

翻越睡眠与栅栏的阻碍

以雨水的形式走遍整个山川

（1993.10.23）

六月之歌

牵着洁白如雪的云朵
缓步穿过密林
百鸟发出悦耳的鸣叫声
六月，已经来临

瀑布一样的长发飘起
湖水般的眼睛在闪动
红苹果似的喜悦显露
六月，已经来临

用纤指轻抚生命
以花香清净灵魂
让山涧高唱蓝色歌谣
六月，已经来临

老人的额头反射出铜色的阳光
孩子的酒窝里发生着珍珠般的故事
情侣的唇间溢出甜蜜的笑语
六月，已经来临

（1992.6.17）

秋之歌

在收获的季节里
得到了应该得到的
也失去了不想失去的

树叶收获的果实
被送给了别人
树叶踏上流浪之路

由于河水的滋养
河水收获了凋零的花瓣

风收获的芳香走向异地
风要去迎接冬季

根茎托起蒲公英的灵魂
像白雪在山谷里

秋风中恋人乌黑的秀发
犹如旗帜在飘扬

她迷人的嘴唇像枫叶在燃烧

这双手让绚丽的青春消失了
这双手永远伸向夜空中的星辰

　　　　　　　　　　　　　　（1993.11.17）

八月的草原

风吹散的花瓣

清流收走

野蒿淡薄的芳香中

画眉鸟的歌声如此动听

玻璃酒瓶洋溢着夏日的欢乐

觥筹交错的情形

被发黄的草地记在心上

当那首《游击队员之歌》

打破原野的平静时

隐没于柽柳花丛

山坡上移动的羊群

像秋云一样洁白

东倒西歪的空瓶

让轻风奏出低沉的乐音

空中的鹰鹫

展开双翅翱翔苍穹

伸向远方的地平线

没有尽头

高亢的牧歌
与抛石鞭的脆响一道
在绿野沉沉入睡
猎人孤独的身影
消失在峻岭深处

（1991.4.28）

起风了

清脆的铃声

猎猎飘扬的经幡

无人拨动的琴弦

预报大风即将来临

茅草唱着山歌

路面卷起尘土

垃圾飞向半空

屋檐瞬间掀翻

窗户玻璃"咣啷"碎了

传来一片惊叫

乌云和飞灰混作一团

在嘈杂和恐慌中

无助的哭喊此起彼伏

痛苦写在额头的老人

默诵《皈依经》

领着两个蓬发的小孩

朝西边的小路进发

戴羔皮帽的少女

用紧张的眼神

不停地回首看我

呜呼，和平鸽的一根羽毛

在我面前飘零

我最担心和警惕的是——

山顶的神灵宫殿

草地上牛毛帐篷的拉绳

佛龛里燃烧的酥油灯

（2008.3.29）

暴风骤雨过后

1

忧伤化作乌云
愤怒变成闪电
原始森林
抖动雪狮的鬣毛
赤雪杰姆^①
卷起呼唤的波浪
山川大地
在可怕的寂静中
听到自己的心跳
看见天边翻涌的
骤雨狰狞的面目
小溪颤抖着流淌

2

玉龙尚未吟啸

---

① 赤雪杰姆：青海湖的藏语别称。

霹雳也没有出击

坚固的岩体如黑夜

轰然倾塌

邪恶蛇蛭的毒气

像浓雾一样弥漫

残忍狼群的奔跑

比闪电更加猛烈

3

随着最初高亢的吼叫

随着最初有力的敲鼓

天与地在交战

黑暗和光明互相厮打

暴风骤雨

踢开大门

扯起窗帘

电线杆被刮倒

灯火完全熄灭

窗户玻璃的碎裂声

让黑夜心惊胆战

恐怖的呼声寻找星辰

溃败的眼神寻找光点

4

魔的哭号消失后

黎明露出笑容

鬼的首级被斩后

朝霞高举胜利的哈达

夜的密发焚烧后

太阳终于金光灿烂

（1993.12.8）

牧 人

1

辉煌历史的随笔

记录在汹涌黄河的岸畔

无比虔诚的信仰

敬奉盘腿趺坐的佛陀

2

抛石鞭的脆响

使羊群希望能像白云一样飘移

高调的吼叫

让骏马期盼如同大鹏一样翱翔

仿若悠扬牧歌中的草原

你的胸怀没有边际

好比绿地上怒放的野花

你那自由的爱情在到处微笑

3

用牛毛编织的帐篷家园

生活经常被潮湿

梦里永远充满羊的咩叫

深夜豺狼的嚎哭

让霹雳般的枪声驱散

岁月的风雨

把黑色帐篷染黄

4

朝霞迎来崭新的太阳

草原上的雨雪

仿佛哈达走向远方

在马背随意驰骋的英雄

为寻找异样的世界

赶着驮牛

朝一个没有脚印的地方进发

（1991.5.25）

秋天的预告

你们为何惊慌

聚在树枝上的叶子啊!

风儿对你们说了什么?

你又为何紧张

蜿蜒流淌的溪水啊!

云朵向你暗示了什么?

永不离开村庄的

喋喋不休的喜鹊啊!

那些燕子朝南飞走了吗?

那些布谷返回门隅①了吗?

森林归于平静后

秋风在独自嘀咕什么?

你把花瓣敬献阳光了吗?

你把芳香馈赠暖风了吗?

你把灵魂寄存大地了吗?

我神奇的野花啊!

_____

① 门隅:西藏南部的地名。

风马纸讲的是秋天的预告吗？

搂抱着你的伟岸不停哭泣

倾心于你的沉稳表露心声

那些多情的云去了哪里？

我绿色的草原啊！

缠绕在你的脖颈

陶醉于你的脚下

那些薄雾去了哪里？

一切像梦幻消失后

完全恢复知觉的我们耳边

风带来了秋天将要进攻的消息

你们为何惊慌

聚在树枝上的叶子啊！

风儿对你们说了什么？

你又为何紧张

蜿蜒流淌的溪水啊！

云朵向你暗示了什么？

（1994.9.5）

门

一声啼哭

从子宫中爬出来的那个晚上

群星对你显露微笑

世界向你伸出手来

从此以后,你开始

开始买进所有必须经过的门

父母把你送到那些门前

又在那些门前迎接你

流着眼泪钻进了一个门

从另一个门满脸笑容走出来

为此,那位白发苍苍的智者

指着远处发光的大门

你踮起脚尖看了又看

曲折的道路非常遥远

定为目标的门在地平线上发光

那一天,通过勤奋获得的金钥匙

因为跌倒而被丢失

无法打开那个门

不能进入那个门

看门狗朝你狂吠

快要挣断铁链

击鼓一样敲门

手上起了血泡

对着门缝大喊

嗓子已经喑哑

此时，流血的夕阳跌下大地边沿

通往罪恶的豪华彩门突然敞开

……

那门，在你眼里

像一个美丽的荡妇……

那门不说一句话

用身体动作向你暗示

那门以摄人心魄的媚眼

邀请你去做客

啊！极度疲劳使你几乎身心瘫痪

黑暗咀嚼并吞噬着你的理智

你与散发臭味的荡妇相拥而入

从那门里出来时

你已经不是你

人们躲避你，忌讳见你

你开始歌颂和赞美罪恶

为此，那位白发苍苍的智者

扇你耳光，用脚踩踏

你想杀了他，但是

他先杀了你，还为你治病

当内心的创伤愈合时

你的灵魂从黑暗中苏醒

世界到处充满光明

你抛开一切

一切从头再来

在没有走完的路上

找回了曾经丢失的钥匙

门里头，命运的主宰者在等你

英勇顽强的你

急于和他进行殊死搏斗

（1990.7.11）

父亲的叮嘱

——为我送行的父亲这样说

男儿二十岁

就要具备独立生活能力

男儿二十岁

如同雄鹰

要在高空中展翅翱翔

男儿二十岁

就像猛虎

要在山林中显示威风

离开我们闯荡世界

是无法改变的宿命

我们替你高兴也为你悲伤

你的母亲早躲在屋后悄悄抹泪

你在外边开心的时候

不能忘掉家乡的农舍

不能忘了自己的母亲

你在水渠旁栽植的苗木

我们会悉心照料

守护你的阿尼森博山神

我们也会敬奉祈祷

祝你诸事顺成好运相伴

愿战神、阳神如影随形

男人的优劣

出门在外就能分晓

优男美名远播

劣男遗臭千秋

缺乏智慧和勇气

在异地会受欺辱

无论走到哪里

不可改变纯朴正直的品行

无论遇见何人

都要保持谦逊善良的美德

知识靠勤奋学习

腰刀需经常磨砺

总之，自己的事情要自己做主

自己的出路得由自己去闯

我们期待你早日回家

（1991.5.28）

我那些远方的朋友

我的爱人啊！我那些远方的朋友

那些经常谈论和羡慕我们的朋友

今天要来咱家做客

咱们要尽心尽力招待他们

他们还要带上几位新朋友

来见面问候并认识咱们

居室过于狭小，不知能否坐得下

我的爱人啊！我那些远方的朋友

在寒冬冰雪覆盖的路上

想必呼着白气，脚下打滑

兴奋而匆忙地朝咱家走来

咱们把炉火捅旺，准备好菜肴

他们大多是没有家庭的

甚至居无定所的单身汉

因此，需要找到家的温暖和舒适

我的爱人啊！我那些远方的朋友

那些

曾在姗姗来迟的春光里哭泣

在突如其来的秋的掠夺下悲伤的朋友

那些

双手捂着茶碗取暖

一阵疼痛自手腕传到心脏

回想着严酷寒冷的路途的艰难

竟然忘了对你的盛情款待说声谢谢的朋友

我的爱人啊！我那些远方的朋友

那些

有着雪山般纯洁的心灵

正在挖掘知识宝藏的朋友

他们亲切地摸着咱家小女儿的酒窝

却因掏不出十元纸币而痛苦

那些

摇动着咱家小女儿的风铃

忆起自己小时候挨饿的往事的朋友

我的爱人啊！我那些远方的朋友

那些

拒绝向塑像磕头，敢对迷信说不

把践踏踩在脚下，为真理鼓掌的朋友

那些把爱情当作生活基础的朋友

只喝了四五杯酒便醉了

许多想说的话和想唱的歌

在狭小而温暖的咱家耷拉着脑袋

他们的头发垂到脸上

声音哽咽，泪水滴在胸前

我的爱人啊！我那些远方的朋友

痛恨内部纷争，追求和谐融洽

那些

在过去的历史中吸取教训

从残垣断壁上如梦初醒的朋友

明天就要以信心和勇气

去敲击各自三四年没有见面的

恋人的门，然后

必定会向今日的现实

高唱着《昨天的太阳》

继续在漫长而艰难的

道路上走下去

我那些远方的朋友

（1994.10.4）

桃 树

春天绽放在桃树枝头
和风送来的淡香
让我们忘了寒冬的残酷
向着暖阳歌唱的小鸟
给我们内心增添了希冀

夏日摆动在桃树枝头
布谷鸟吉祥的颂词
使绿叶无法陷入沉思
在清凉雨水的缠绵中
火热的衷肠悄然吐露

秋季静坐在桃树枝头
果实灿烂的微笑
诱惑着人们期待的心
奉献了一切的几片黄叶
准备和我们一同上路

桃树无言的双手

把寄托未来希望的果核

赠送给必须远行的我们

在艰辛的路途中歇脚时

我们发现

岁月留在桃树心里的伤痕

（1991.5.1）

枫 树

这个世界上
我们像一棵枫树
绚丽开放
又按照时节落叶

我们扎根大地
向上空成长
喜迎春天的太阳
在甘霖中沐浴
身披着彩霞
凉爽的风
常常抚摸脸颊
诉说时光的变迁

我们惬意地生活在这片热土上
我们摇曳在高原的早晨
我们拥有清澈的池塘
引来众多虫豸
我们眷恋着黄昏和月光

我们羡慕飞鸟和秋云
我们是自然界的植物
终究要回归自然

我们不会埋怨——
岁月的漫长
风浪的无情
命运的不公

我们矫健地挺拔在
二月陡坡的春寒里
我们顽强伫立于
深秋满地的白霜中

四季接连更替
我们在峭壁上手牵手
每天期盼着灿烂的阳光

有些树木把果实献给别人
黄色的叶子撒向四处
有些树木将种子托付给风
经受严冬的蹂躏

我们以充沛的活力

在酷寒没有来临之前
再次绚丽地开放
然后壮烈地飘满大地

（2007.9.7）

自 由

湖中嬉戏的水鸥的自由
我能获得该多好

海面翻滚的波澜的自由
我能获得该多好

荒野疾跑的狂风的自由
我能获得该多好

上空飘移的白云的自由
我能获得该多好

林间漫步的细雨的自由
我能获得该多好

哦，长出浪漫翅翼的我的诗歌啊！
你没有获得的自由是什么？

（1993.12.24）

春 思

像一只美丽的小鸟

你又开始鸣叫了

在我的肩膀上歌唱

你那温暖的翅翼

拍散了我布满皱纹的额头上

寒冬疲惫的尘灰

冰雪覆盖的我的内心

滴下感动的泪水

一条河流，终于

飞溅着浪花

急匆匆跑去

呼唤我遥远的希冀

白云踏着轻盈的步履

走动在我的上空

绚丽的时光里

我蹲坐的躯体

贪婪地畅饮春的温暖

风灌进水边的绿苗
春天的故事徜徉在风中

（1990.3.14）

春 雪

你披着白色发光的华衣
从天边轻轻飘来
你柔软的双唇低吟夙愿
把我心底的爱恋淋湿

你兴奋地渗入农田和草地
对河岸发芽的青苗那么友好
你时急时缓的舞姿
轻声预告金秋的收获
演播美好春光的剧情

你在孩子们的欢笑中游戏
在琉璃瓦屋顶和树枝上歇息
当一双温柔的手去接住你时
为什么还要无声地哭泣呢？

我独自在人生的旅途上
继续前行时，你为何
在我卷曲的黑发和肩膀上

述说着信念，将我曲折的
道路化作泥泞呢？
在我身后明净的玻璃窗户里
她那细长动人的眼睛
望着我的背影不愿移开

（2003.3.20）

春 耕

烧土灰的火焰

喊叫刚被寒冬释放的农田

春耕，轰轰烈烈地开始了

鞭子的脆响中鸟儿拍着翅膀

犏牛拉着犁铧让田地波浪翻滚

迎春的歌曲啊！充满激情活力

飘着芳香的农田敞开胸怀

渴望生长的种子在手心跳跃

春的希望啊！与汗水一同播撒

（1992.4.6）

春 歌

没有任何争斗

就把胜利拱手相让

凶恶的冬季

放弃狠毒的手段

收敛残暴的行为

小鸟的啁啾

在枝头回旋

风的细语

在耳边温情

没有任何争斗

就把胜利拱手相让

凶恶的冬季

放弃狠毒的手段

收敛残暴的行为

波澜之花，在水面欢笑

草地的绿，由嫩芽编织

没有任何争斗

就把胜利拱手相让

凶恶的冬季

放弃狠毒的手段

收敛残暴的行为

平静的梦，被恋人的秀发轻抚

悠悠歌声，从孩子们的笑窝流出

没有任何争斗

就把胜利拱手相让

凶恶的冬季

放弃狠毒的手段

收敛残暴的行为

杏树之蕾，含羞待放

眼里的爱，带着醉意

（1992.3.30）

鸽 子

从蔚蓝天空的边缘

流进我们心田的

钢琴曲的水波里

当璀璨的珍珠跳跃时

捧在我们手中的

那些艳丽的鸽子飞向远方

它们在旅途中

丈量天的高低和宽窄

热切审阅世界的和平状况

它们有力地振动翅膀

将愚昧的烟尘驱散

把真理之音传送四方

在一个遥远的地方

响起震耳的轰隆声

不知从何处飘到这里的

一团乌云弥漫着火药味

心的原野

顿时刮起急促的狂风

于是，我把手搭在额头
牧放你们振翅的身影
而她，也让长发垂到后背
向天空中找寻你们的哨音

（1999.9.20）

生 命

岁月之河远逝
波浪把脚印刻在额头
生命之树啊
经过秋季时
青丝沾满霜花

前路通往天边
劳作夺走了清闲时光
如今的收获啊
来自昨日的耕耘
需要播种的是未来的种子

干吗要为额头的皱纹伤心
那是思考者的认识笔记
干吗要对头发的变色悲戚
这是创造者的最高荣耀

（1990.9.18）

雪在远方抽泣

歌声

被云霞带向四方

寂静

在路旁结成冰凌

消极的风

像流浪的灵魂

向徘徊在十字路口的

无数枚叶片

悲痛地诉说旅途的艰辛

对于贴在墙壁上的

各种颜色的"好消息"

破旧发抖的纸张

接吻，又长声叹息

恋人用微笑点燃的

爱的火焰在哪里

大雁用双翼召唤的

和平的舞姿在哪里

雪在远方抽泣

连接远方的

那条小道

显得孤苦伶仃

风的脚步

卷起尘土

对它进行安慰

清晨的太阳

抛出黑夜的碎片——

几只乌鸦

在光明里

黑乎乎地

发出悲惨的苦叫

雪在远方抽泣

云朵

被冬季的忧郁逮住

黯然失色

它没有欢笑和眼泪

树木的血液

在寒冷中凝固

无法说话

它不能保护小鸟们

雪在远方抽泣

啊！消失在哪里——

云雾中嘹亮的歌声

啊！要走向何处——

充满花香的心语

寒风的摧残

经幡对我说过

雪在远方抽泣

（1995.5.27）

幸 福

我热爱你

在这个春天

渴望有一袭和风

装点幸福

你竟把三春的秀丽

全部引到我的世界

我怎么会不欢喜呢?

我钦慕你

在这个夏季

渴望有一束鲜花

敬献佛祖

你竟把盛夏的园林

全部摆在我的身旁

我怎么会不快乐呢?

我崇敬你

在这个海滨

渴望有一朵白浪

你竟把整个海洋

全部搬到我的面前

我怎么会不开心呢?

我恋着你

在这个冬日

渴望有几瓣雪片

落进掌心

你竟把银装大地

全部铺在我的脚下

我怎么会不满足呢?

我迷上你

在这一生中

渴望看见你的微笑

留作纪念

你竟把身语意三者

全部赐赠给了我

我怎么会不幸福呢?

（2007.8.8）

梦

1

经常做的梦
是不是长了翅膀
刚睡着
就梦见自己在千里之外

2

无法改变的思念
是不是结了果实
我纯真的心
被忧伤压得垂下了头

3

梦像许多天女
在我的天空中飞来飞去
结在思念枝头的果实

有些酸涩有些香甜

4

从梦中醒来
人就变得孤单
你的微笑
印在镜子里面

（1990.3.4）

歌 声

1

从半空落入
无底的深渊
千万声呼喊
使瀑布的灵魂附于我的躯体

2

喧嚣和嘈杂的声音
渐渐走远
空寂中美妙动听的
诗歌的旋律属于我

3

踏着轻盈的步伐
愉悦地行走在大地上
跑前跑后的仆人

让梦的大海波涛汹涌

4

我那高亢的歌声
引来无数听众
山川悄无声息
森林宁静一片

（2008.11.3）

心中的雪山跌入万丈深渊

——悼著名诗人伊丹才让先生

1

万里晴空

突然布满乌云

仰望着问怎么回事

却没有听到任何回应

2

无垠的大地啊

你为什么偷偷哭泣？

到处飞溅的泪水

淋湿了所有生灵的脸庞

3

深秋的树叶

被昨夜的风吹散

叹息和哭号

在长街两旁飘零

4

呜呼！我们的心湖中

痛苦的波浪在激烈翻滚

悼念的人潮

头颅撞击崖壁

5

矗立于我心中

巍峨挺拔的

洁白灿烂的

雪山跌入万丈深渊

6

绵延的山峦和洞穴里

沉痛的哭声此起彼伏

地动风泣，人悲马嘶

飞鸟都掉落了下来

7

抖动鬣毛吼声震天的
白狮隐没于雪山之巅
只留下用来拍醒愚痴者
脑袋的智慧之爪

8

仿佛您的音容
还在我的眼前
似乎您的笑貌
仍然萦绕耳畔

9

诗人啊！您将
以诗歌的形式永远活着
诗人啊！您的
精神和理想渗进我们的生命

（2004.10.18）

城 墙

1

脸色阴沉的
顽固的城墙
生怕自己倒塌
而夺走他人的自由

2

长久凝视城墙
双眼已经干枯
等待城墙消失
生命被时间吞噬

3

然而城墙依旧
延续着日子
然而生活的真善美

能否聚拢到一起呢？

4

那天，几位智者
与风逃出城墙
"外面的世界很精彩"
风儿大声歌唱

5

从此，城墙里边
卷起觉醒的浪潮
巨浪的手
推得城墙摇晃不定

6

愤怒的城墙
想把浪花压在身下
它刚抬腿
自己的一半轰然倒塌

7

顽固的城墙

傲慢地立在原地

墙体仍然坚实

生命的历程远未终结

8

看上去城头雄壮

看上去墙面很平

但是，城墙的缝隙

发出难闻的恶臭

9

虽然见不到城外

在酝酿什么诡计

但是，从星星流泪的眼中

可以料知一切

10

"明天会有雷雨"

那位通士大声叫嚷

致使厚实的城墙

裂开十丈长的口子

11

通过城墙的裂缝

能够听到

创造者沉重的脚步

震动大地的声音

（1989.12.12）

同龄们，请唱一首歌吧

1

以大爱去融化坚硬的冰
用新鲜空气使万物复苏
春的使者播撒百花装点大地已经到来
同龄们，请唱一首告别冬日的歌吧

2

乌黑长发犹如马儿飞奔时的鬃毛
风中轻飘的裙袍带着鸟语花香
我的恋人仪态非凡朝这儿走来
同龄们，请唱一首欢迎佳丽的歌吧

3

赶着天边羊群似的白云
脚踏海面热烈舞蹈
优美的钢琴曲正在渗进我们的胸腔

同龄们，请唱一首掀起巨浪的歌吧

4

南方的湿云洒下清凉的甘霖
在蓝色的湖泊中显现诗行
隐藏了翅膀的清风飞到眼前
同龄们，请唱一首呼唤青春的歌吧

5

用泪水淋湿野蛮人炮火摧毁的废墟
以呼叫惊醒赖在床上做梦的学子
追寻真理的诗人也快要抵达
同龄们，请唱一首赞美和平的歌吧

6

我们回望经历过的道途
如同广袤的羌塘草原上万马驰骋
豪情壮志的晚辈正在追赶
同龄们，请唱一首充满自信的歌吧

（1995.5.8）

你的眼睛

1

你以优雅的风姿

在人群中独自行走时

那深情的媚眼

大胆闯入我的春季

2

修长玉颈，杨柳细腰

胸乳丰腴紧实

步履轻缓妖娆

美臀饱满微颤

3

踩青的那条河谷里

树木茂盛枝杈相拥

流水发出欢笑

从我身边逃走

4

你躲在背后
蹑手蹑脚靠近
一双柔软的手蒙住眼睛
悄声要我猜出是谁

5

黑白分明的两眸
依偎在我的怀里
乌亮顺滑的秀发
被我的心不停地抚摸

6

和风轻轻梳理
那披肩的长发
单薄的裙裾微微飘动
我朝着你的方向走来

7

心中的恋人啊
你可爱的脚丫
但愿随时踏进
开满鲜花的我的园林

8

仰卧在芳草地上
牧放白云的舞姿时
天空中千瓣莲花的香气
被群星光芒般的你驱散

9

沿着陡峭的石阶
向高处的亭阁攀登时
你从身后扯住衣摆
尽情玩乐开心

10

太阳和黄昏的风一起

悄无声息躲到山那边

我也早已经沉入

你那美丽的湖泊中央

（2008.6.6）

生 活

1

生活就像无边的大海
你是一艘扬帆起航的船舶

2

生活的大海从来没有平静的日子
你的舱面也汹涌着喜怒哀乐

3

有时会在暴风雨中迷失前进的方向
间或也能在阳光下享受快乐与平和

4

但是，与众不同的胸怀和信念
注定你将经过无数风浪的门道

（2007.8.11）

出 发

当秋天想要诉说的

思念之苦

被凋零的万千枯叶

冷飕飕地表达

我们飘扬着向远方出发

云

假如像飞鸽一样

无法在夜晚归巢

假如像白帆一样

不能在海岸憩息

假如非要做一名漂泊者

就请毫不犹豫地

把命运托付给风

以无数细碎演变转化

让躯体之美

在空中绽放

瀑 布

山脉没能阻挡去路

悬崖切断了流程

你却

以站立的姿势

引吭高唱欢歌

用飞落的身躯

奉献激情舞蹈

闪 电

在漆黑的痛苦中挣扎

在乌云的折磨下反抗

挥动白色长剑

把唯一的出路

指向远方

让魔军洒泪而去

为了揭开宇宙的奥秘

撕碎水珠之帘

闪光的利剑啊

给创造者引路

夕 阳

即将沉落山外
也无所畏惧
用灿烂的笑颜眷顾世界

无言的回眸
在黄昏金光四射
尽管暮色从阴面悄然而至
请相信明天的太阳

歌　声

高亢牧歌的优美旋律

飞舞的遥远的地方

它给那边的山脉带来欢乐

又把每个空谷的寂静

连同奔跑的野兔一起赶走

飘向北方的云朵下面

雄鹰自由地展翅翱翔

树 木

风的诱惑带走了叶子
手的贪婪摘完了果实
但是，裸体的树枝
仍然向众人点头致意

苹 果

酸楚的记忆藏在内心

绿叶中朝人们微笑

回想树枝的养育

慨叹聚散的无常

然而，以喜怒哀乐组合的话语

被春天里绽放的花儿道尽

人 生

春风闯入我的发中呼唤

夏鸟落在我的肩上鸣唱

秋叶趴在我的路边哀叹

冬雪覆盖了我的脚印

追寻梦想的人生啊

伴随着欢乐与忧伤

你要去哪里

幸福啊！你要去哪里
要到劳动的汗水中

群星啊！你为何哭泣
因为世界被黑暗笼罩

太阳啊！你要去哪里
去追寻光明的眼睛

我的诗歌！你要去哪里
到充满情感的内心深处

路

毒蛇说：路都是弯曲的
乌龟说：并不弯曲，是途程遥远

树叶说：路吹成了寒风
石子说：没有寒风，是你太轻盈

阳 光

让银白雪山容颜灿烂
到金黄庙宇屋顶歇脚

用鲜血完成的故事
映照在枫叶之上

苦笑中孕育的千百希冀
像珍珠一样流淌在江面

生 死

晨曦一般诞生的圣光
将漆黑的世界点亮

秋叶一样洒落的寂静
让所有的梦想温暖

结冰的水流

树木磨砺的风马纸粘在冰面
坚硬的歌声被山谷遗忘

波浪起伏的水晶之舞
显示路途中脚步的优美

火焰似的红狐狸
在冰面上奔跑找水

结成冰的水流的步履
像我一样在期盼春天

蒲公英花

流动在体内的奶汁

很苦

盛开在路边的过程

太阳清楚

金色的笑容

很早绽放，也易于凋零

将雪白的梦

托付给风

依附于梦的魂灵

向远方出发

追 求

那美丽的脚印伸向远方
无边的寂静遗落在路旁
我情愿地捡拾着
你悠然撒播的期许

啊！你会在哪个关口
哪个拐弯处
回望一眼
我坚定的脚步呢？

夜 晚

是谁给你讲述悲伤的故事
泪滴的群星在脸上闪烁
你那轻轻飘动的秀发里
有我微笑的梦之河流

远处沉睡的山脉只显轮廓
滑向天际的流星发出光芒
你那轻轻飘动的秀发里
风儿捡起了梦之花朵

笑 容

想起你的笑容
痛苦中也能发出笑声

看见你的笑容
平静的路上也会心慌

你那微笑的星子
永远闪耀在我记忆的湖面

聚 散

相聚的欢乐虽然短暂

分别后的思念没有终点

不能驱散的是忧伤的烟雾

无法抓住的是青春的晨曦

不可言说的是留恋的笑颜

花 魂

含苞待放时吐露希冀

鲜花盛开时嗅闻清香

结出硕果时品尝味道

于是，随意丢弃的果核

为使灵魂依附泥土到处游荡

于是，青春凋零的叶子

为使躯体葬入泥土匆忙奔波

枫 叶

畅饮红色阳光的枫叶
在蜿蜒流动的河岸边燃烧

与秋风拥吻之后
心一般火红的叶子撒落河面

河面泛起浪花的微笑
每晚流淌在你的梦里

秋 梦

风中美妙的铃声
让黄叶慢慢掉落

身披晚霞的梦
陶醉在红与黄之间

哦，缠绕树木的风
把梦的嘴唇献给了河流

月 光

月光下的静谧之夜
枝叶挡不住你的眼睛
你的笑脸像冰片一样流淌

把月光留作纪念
空寂的心中湖泊啊
凉似涂了一层秋霜

啊！在那遥远的地方
你的笑脸像月光在闪耀吗
你的秀发如鬃毛在飘动吗

梦 境

独自阅读明月

清辉如水

冰凉了思绪

梦境中落满白霜

再次阅读你的笑容

魅力似风

动摇了我心

梦境中珠光璀璨

心 事

心事在春的天空下

诉说憧憬——迎风飘扬

心事在秋的树枝上

画完句号——随风而逝

心事在少女的乌发中

梳理留恋——与风相伴

相 聚

夏季的风徐徐吹来

枝条摇曳

小溪在欢笑

看到我从远方归来

泪花在眼眶里打转

你笑得很羞涩

送　别

朝霞映红天边的那个早晨

踏着琴弦的节拍

你迈步走向远方

呼唤在喉间哽咽

泪水流进了胸腔

留在身后的

是浪迹悬崖和村庄的风

飘动我头发的风

撞乱我心绪的风

《命运》交响曲

不得不出发了

你的生活之门

被命运的拳头猛烈敲击

根本没有回头的路

每一步都朝着你跟随你

是无法避免的皮鞭

啊！贝多芬

在你的催促下

在钢琴的提醒下

即便是一只蚂蚁

也要勇往直前

与狮虎豹熊展开搏斗

你的微笑

饮了你迷人的微笑
心灵之湖掀起银色波浪

想着你灿烂的微笑
我始终在爱护一朵崭新的花

目 送

你从眼前走过
你的身影美如壁画
珍藏在我的心里

我的思念蓄积为深湖
你像那扬帆的船儿
在波浪中驶往远方

个 性

在我的故乡

有一条不被冰雪束缚的河流

在我的心中

激荡着不被严寒凝固的波涛

在我的故乡

有一座被尘埃掩盖的雪山

在我的心中

澎湃着不被污渍浸染的白螺

倾 诉

冬季的寒气像刀
直刺骨髓，疼痛难忍
今天，流泪的笑容
想对春的暖阳倾诉

冬季的冷风无情
威逼青春，百般欺凌
今天，流泪的笑容
想对春的美丽倾诉

欢 乐

微风轻吹水面
大雁欢乐起飞

纤指弹拨琴弦
双脚迈开舞步

眼 神

含情的眼神

射出爱恋之光

心的湖面上

两颗星相互依偎

此刻，所有的语言都是多余的

失 败

完全绝望时

这颗心

如同一张

被雨水贴在地面的纸

如 月

以孤独滋养的记忆
在孤独的思索中
永远流逝的河水边
如月的娇容露出笑颜

悲 剧

假如不是点燃历史的柴薪

享受温暖

愿以希冀的花朵

编织梦想

眼前的希冀掉进灰坑

生活失去原色

于是，等着别人

铺设一条通往幸福的路

寂 寞

把目光投向远方
远方还有什么

独守一条路的尽头
图中的新闻被风吹散

坐在沉寂的屋内
没有听到走廊传来脚步声

从玻璃窗户望去
一些模糊的影子在缓慢移动

饥 饿

我们经受过的
虽然是胃肠的饥饿——
缺乏食物

我们正在经受的
是不是灵魂的饥饿——
愚昧无知

走 了

唤醒绿芽

冰雪走了

激起海浪

歌声走了

留下和平

英雄走了

记录兴衰

历史走了

诗人的目光

笼中小鸟的鸣叫
发送到高空
积满胸腔的话语的池水
向原野流淌时
你的目光里
只有深切的爱恋

图书在版编目（CIP）数据

黎明天女的召唤 / 拉加才让著；久美多杰译. -- 北京：作家出版社，2019.3

（中国少数民族文学发展工程·民译汉专项）

ISBN 978-7-5212-0408-7

Ⅰ.①黎… Ⅱ.①拉… ②久… Ⅲ.①诗集 – 中国 – 当代 Ⅳ.① I227

中国版本图书馆CIP数据核字（2019）第040340号

黎明天女的召唤

作　　者：拉加才让
译　　者：久美多杰
责任编辑：史佳丽　李亚梓
特约编辑：陈　涛　杨玉梅　郑　函
装帧设计：薛　怡
出版发行：作家出版社有限公司
社　　址：北京农展馆南里10号　　　邮　　编：100125
电话传真：86-10-65067186（发行中心及邮购部）
　　　　　86-10-65004079（总编室）
E-mail:zuojia@zuojia.net.cn
http://www.zuojiachubanshe.com
印　　刷：北京玺诚印务有限公司
成品尺寸：152×230
字　　数：148千
印　　张：14.5
版　　次：2019年9月第1版
印　　次：2019年9月第1次印刷
ISBN 978-7-5212-0408-7
定　　价：36.00元